U0789432

影印說明

《四印堂詩稿》不分卷，明董其昌手書，稿本，一冊，計三十葉。書高三十二厘米，寬二十點一厘米。框高十九點七厘米，寬十四點九厘米。每半葉八行，行十三至二十三字不等。白口，四周單邊，無魚尾。板心上端記『四印堂』。

董其昌（1555—1636），字玄宰，號思白，別號香光居士，華亭（今上海松江）人。明萬曆十七年（1589）進士，改庶吉士，遷授編修。歷官至南京禮部尚書。卒贈太子太傅，諡文敏。董其昌擅書畫，并以禪宗思想論書畫，提出了著名的『南北宗論』。著《畫禪室隨筆》四卷、《容臺文集》十卷《詩集》四卷《別集》五卷，輯刻《戲鴻堂法帖》十六卷。

◀ 四印堂詩稿 ▶
一

《四印堂詩稿》前廿九葉書於辛酉年，即明天啟元年（1621）；第卅葉書於丁卯年，即明天啟七年（1627）。天頭及正文旁有董氏題識，乃正文詩歌之補充，亦有涉藝談畫的題跋、識語。天頭題識則署有丙子、壬申、辛酉等年份，及『時年八十一歲』『七十九翁』。是題識最晚寫於丙子年，即明崇禎九年（1636）。《詩稿》所收詩歌為題畫詩，大多見於董氏《容臺詩集》。《容臺詩集》四卷，有明崇禎三年（1630）董庭初刻本、明崇禎八年（1635）刻本。與大多數題畫詩收入刻本時會重新定稿一樣，《容臺詩集》的刻本文字與《詩稿》的稿本文字大多有所區別，主要有：一、的刻本文字與《詩稿》的稿本文字大多有所區別，主要有：一、

[illegible] 大字与《论语》[illegible] 宋刻本文字大多相近 [illegible] 十 [illegible]

宋本，宋人多 [illegible] 翻刻 [illegible] 一卷，《容斋诗集》

目录，在 [illegible] 年（1630）刊成出版本，[illegible] 年（1635）本

[illegible] 十六卷 [illegible] 崇祯 [illegible] 年（1639）[illegible]

[illegible] 崇祯 [illegible] 天

[illegible]（1651），天启 [illegible] 年（1631），

《日录分类编》[illegible] 崇祯 [illegible] 年（1631）。

出来，[illegible]《画禅室随笔》十六卷。

◀ 目录分类编 ▸

著《容斋室图书》四卷，《容台文集》十卷《诗集》四卷《别集》

[illegible] 其昌书画 [illegible] 文字宗 [illegible] 「南北宗论」。

[illegible] 署名 [illegible] 董

草堂（今上海松江）人。崇祯 [illegible] 年（1588）[illegible]，文渊阁大

[illegible] 董其昌（1522—1639），字玄宰，号思白，[illegible]。

[illegible] 十四 [illegible] 里米。[illegible] 二十二里三十二 [illegible]，白口

四库单数，[illegible] 朱子十三经片。

三十卷，书高三十二里米，宽二十四里一里米，[illegible] 十七里十里米。

《白日堂诗稿》不分卷，[illegible] 董其昌年青，稿本，二十半书

清乾隆印

詩題不同。如首篇詩題『贈眉公』，《容臺詩集》作『題畫贈眉公』；詩題『題畫寄張平仲』，《容臺詩集》作『題畫寄張平仲兗守』。二、文字不同。如首篇《贈眉公》『卜鄰端擬傍專諸』，《容臺詩集》『端』作『真』；《送張五鹿水部題畫》『若爲剪取吳江水』，《容臺詩集》『吳江』作『吳淞』。三、詩歌數量不同。如《贈關使李司農》，《容臺詩集》錄有四首，《詩稿》初錄其一、其二兩首，後以小字補錄其三，其三上僅錄其四的『三品南金』四字；《詠紫茄》，《容臺詩集》有五首，《詩稿》則僅錄其一。當然，也有一些詩歌與《容臺詩集》文字相同者，如《天馬山游眺》等詩。不見於《容臺詩集》者則有《項墨林小山叢竹》《關

◀ 四印堂詩稿 ▶ 二

泊別友》等詩。由此可見，《詩稿》非特賞玩怡情之物，於董其昌之詩歌研究更具文獻意義。

《詩稿》原有污損，書脊亦有殘損。後有修復，并改爲金鑲玉裝。修復時標記頁碼。唯初誤標第四葉爲第廿五葉，後改正爲『又三』葉；第五至第廿四葉因而標記爲四至廿三，第廿五葉則標廿四、廿五兩個頁碼。

卷中鈐董其昌印四方：『董玄宰』白文方印、『昌』朱文方印、『董玄宰』小方印、『董氏玄宰』朱文方印；鈐鑒藏印二方：『錢氏數青草堂藏書』朱文長方印、『湖颿鑒賞』白文方印。卷末鈐鑒藏印二方：『海昌錢鏡塘藏』朱文長方印、『湖颿鑒賞』

鈐「湖帆藏印」二方：「龐昌雜黃香」朱文其衣印，「龐鳳璽演」朱文其衣印；「龐鳳璽賞」白文之印，鈐木

卷中鈐董其昌印四方：「董其昌」朱文之印，「昌」朱文之印，鈐

《畫禪》原有印蹟、書春乃未鈐具。

其昌之結婚研究更其文學演養。

由其巨眼，《畫禪》張芾貴从出畫之陳，然董

《明室畫精蹟》辛酉。不見於《容臺詩集》者惟有《疫墨林小山兼竹》《蘭

黃然，山市「出」若媽與《容臺詩集》文字昧同者，哎《天馬山

四字：《畫禪十城》、《容臺詩集》下正首，《畫禪》四畫隨其一。

其三兩首，絡於其三十勤絲其四至廿三品兩金」

《容臺詩集》雜於四百，《畫禪》哎其一

《明室畫》「吳五」和「吳魚」。二、詩鄉模量不同，哎《觀

「墨」和「頁」，《容臺文集》「丁禪禪張敷葉篇」，《容臺詩集》

文字不同，安百蓄《飯頁公》「丁禪禪張敷葉篇中」，《容臺詩集》

嘗讀二齣半卷年中」。《容臺詩集》中「顧畫春敷年中敷中」。二、

精頡不同。改古蓄春氣，《飯頁公」，《容臺詩集》和「顧畫張頁公」，

白文方印。

書衣有吳湖帆題簽『董思翁四印堂詩稿真迹』，下鈐『吳湖颿印』白文方印。扉頁有吳湖帆題署『董思翁四印／堂詩稿真迹／一冊，吳湖帆鑒署』，下鈐『吳湖颿』陰陽方印、『倩盦』白文方印；又有吳湖帆題『己丑春三月歸錢氏數青艸堂珍藏』。己丑，即公元1949年。是《詩稿》原爲錢鏡塘插架之物，現藏上海博物館。

《四印堂詩稿》稿本具有重要的文獻價值和史料價值，二〇〇九年入選《第二批國家珍貴古籍名録》，名録編號06141。曾收入《中華再造善本》影印出版。此書作爲上海博物

館的珍藏善本，今由國家圖書館出版社仿真影印出版，古色生輝，再現董氏手書真迹，便於更多的讀者品讀及收藏，以期對傳播中華優秀傳統文化有所裨益。

陳才

二〇二二年六月

四印堂詩稿

一

[illegible]

[illegible]

[illegible]

[illegible] 六十

[[illegible]]

[illegible]

[illegible]

[illegible]

[illegible]

目録詩集

[illegible]

[illegible]

[illegible]

[illegible]

[illegible]

[illegible]

[illegible]

雜　四

四印堂詩稿

二

四印堂詩稿

三

題畫

題王華齋

巽五文堂

韻冊千

益可盦目太史任葊二首

第二首畫谷詩

夏歸田黃門自祖妷奉史驅妾書間居稿以咨少

壽徐見承

壽蕭律翁八十

觀曹嶺山繁氏

恭莪村

黃九漱田風

韻冒廣山效雪漁

韻冒雲立對來

帆貢文學

答輪空戎甘海

妹秀龕書陷埽

韻蕭袋林大悟

益丹蘭仝王東里勲岳

丹安邾奉參安

田中堂詩稿　十三

四印堂詩稿

圖書在版編目（ＣＩＰ）數據

四印堂詩稿 /（明）董其昌撰 . —北京：國家圖書館出版社，
2022.10（2023.6 重印）

ISBN 978-7-5013-7247-8

Ⅰ.①四… Ⅱ.①董… Ⅲ.①古典詩歌—詩集—中國—
明代 Ⅳ.① I222.748

中國版本圖書館 CIP 數據核字 (2022) 第 145902 號

國家圖書館出版社
官方微信

書　　名	四印堂詩稿（一函一册）
著　　者	（明）董其昌 撰
責任編輯	張愛芳　黄 静
出版發行	國家圖書館出版社（北京市西城區文津街 7 號　100034）
	（原書目文獻出版社　北京圖書館出版社）
	010-66114536　63802249　nlcpress@nlc.cn（郵購）
網　　址	http://www.nlcpress.com
排　　版	常州市彩之源數碼圖像有限公司
印　　裝	常州市金壇古籍印刷廠有限公司
版次印次	2022 年 10 月第 1 版　2023 年 6 月第 2 次印刷
開　　本	8 開
印　　張	10.25
書　　號	ISBN 978-7-5013-7247-8
定　　價	520 圓